20
20
年代诗丛

我碰到过侧身走路的人

倪金才 ——— 著

WO PENG DAO GUO
CE SHEN
ZOU LU DE REN

当代世界出版社
THE CONTEMPORARY WORLD PRESS

倪金才，重庆酉阳人。乡村教师，坚持诗歌写作二十多年，诗风直接、简单、清浅、透明。系中国少数民族作家协会会员，重庆市作家协会会员。

目录

第一辑　忽略的事物

火铺／002

一朵花在另一朵的上面／003

我碰见过侧身走路的人／004

独居／005

妻子燕是一只候鸟／006

村姑／007

斑鸠／009

如果我走，就走这条松石小径／011

我常常低着头走路／013

冒谷溪／014

带着女儿看桃花／015

空巢／016

空白／018

这棵草是我的乡下亲戚／019

在乡下／021

一些花开在路边／022

向一株株小草致敬／023

忽略的事物／024

我把这个人叫父亲／026

歌颂 / 028

喊叫你草一般的名字 / 030

在大山 / 032

有风吹过 / 033

和父亲走走 / 034

喊出和我同样卑微的名字 / 036

等我走后 / 037

我爱那半截小路 / 038

芭茅 / 039

月光哗哗 / 041

戴草帽的人 / 042

三棵树 / 043

给村庄送别 / 045

点灯的人 / 047

以身体为鼓的人 / 048

我羡慕那滴叫露珠的雨 / 049

有一些花一直开在你的心里 / 050

独角戏 / 051

我喜欢背着手走路 / 052

抚摸 / 053

月光 / 054

三味书屋 / 056

第二辑　群山之下

仲景老师过宜居沟 / 060

我想去看一位朋友 / 062

群山之下 / 064

走夜路的人 / 065

揽镜的人 / 067

山中的四月 / 069

半截光阴 / 070

我有过寂寞的乡村生活 / 072

我只想让自己慢一点 / 074

不时检点一下我的人生 / 076

父亲，我们干一杯 / 077

我一生只做两件事 / 079

现实中的楠木湾 / 081

鹿角坪 / 083

父亲来看我 / 089

呓语 / 091

阳光下走动着几个人 / 092

事实如此 / 093

背儿山 / 094

中年车 / 095

黄荆棍 / 097

十四行诗：在行与行之间 / 098

亮瓦 / 099

我爱这样的早晨 / 101

我们来比一比 / 103

如果记忆可以删除 / 105

算术题 / 107

阵脚乱 / 109

第三辑　住到风暴里去

致父亲 / 112

带露的孩子 / 117

毛狗路 / 118

我是这样教育孩子的 / 119

住到风暴里去 / 120

偏爱 / 121

乡下萝卜 / 122

打猪草 / 123

枯水期 / 124

扫扬尘 / 125

阳光落在穿阡洞 / 126

幸福 / 127

孩子的笑声 / 128

我的邻居 / 130

写完一首诗 / 132

假如时光可以倒流 / 134

我想去巴黎 / 136

在叠石花谷的水边邂逅一只蜻蜓 / 138

我爱上了这乡间的生活 / 139

遗像制作 / 140

豆地 / 142

搬家 / 143

夜深沉 / 144

草木生活 / 145

捉迷藏 / 147

请安慰你的双手 / 148

我就是那个独自赏菊之人 / 149

出浴图 / 150

夜游龚滩古镇 / 151

两只公鸡 / 152

信赖 / 153

龚滩的雾 / 154

阿蓬江 / 155

乡间小庙 / 156

记事：下午 / 157

入冬以来的第一场雪 / 158

第四辑　独坐山野

车检所 / 160

石头 / 162

读两行诗再睡觉 / 164

春夜喜雨 / 166

一些我们看不见的事物 / 168

草蓬 / 170

幸福 / 172

妻子给我拔白发 / 173

想念一个人 / 174

隔空对饮 / 175

梯子岩 / 176

春日小记 / 178

交叉小径的花园 / 179

聚义堂 / 180

雾中 / 182

稻草人 / 183

秋 / 185

小阁楼 / 186

黄秋英 / 188

过高坪村想起杨犁民 / 190

何半盖的石头 / 192

一只见多识广的蚂蚁 / 194

想山羊 / 195

枯木 / 197

密林之花 / 199

怎样才能配得上我内心的孤独 / 200

把一颗心交给了旷野 / 201

白云 / 202

归 / 204

在旷野休息 / 205

独坐山野 / 207

买鱼记 / 209

老人的蔬菜 / 210

关在笼子里的鸡 / 211

白云赋 / 212

野炊 / 213

阳台 / 214

野菊花 / 215

水边的阿狄丽娜 / 216

重返峒家寨 / 218

徐阳雀 / 220

把一条路逼急了 / 222

总结 / 224

第
一
辑 ——— 忽略的事物

p001－058

火铺

坐在自家的火铺上
家就是一棵树
你看那些木材在火铺上
开出的花朵
比日子更为持久

坐在自家的火铺上
我们就像展开的枝叶
一生只枯黄一次
我们以这种落地生根的
方式，早出晚归

我们不动声色地围绕着火铺转
总能把日子一天天传下去
你看那些孩子
就是我们结出的果实

一朵花在另一朵花的上面

我是说
一朵花在另一朵花的上面
更嫩一点的枝条上
开着

如果她落下来
一定会落在
另一朵花伸得最远的
那个花瓣上

但所有的花都落了
她还咬着牙开着
在另一朵花也掉下来之前
她还咬着牙开着

把我的忍耐调到了
再也忍不住的高度

我碰见过侧身走路的人

那是在乡下
在乡下并不宽阔也并不平坦的山路上
我碰见了这个侧身走路的人
他扛着一根水青冈
弯腰走出自己的柴山林

他侧着身子
躲避那些横生出来的枝丫
在一个拐弯处
才侧着身子避开我

他满脸皱纹
胡子拉碴像我的父亲
但他不是，我喊他堂叔

知道他卑微、胆小
侧着身子过了大半辈子
面对生活
总是那般的谨小慎微

独居

如果这里下雨，也会有细小的瀑布当街跌落
如果有雾，这里也氤氲着一种迷离的氛围
松虽然是几年前才栽下的
路虽然也硬化过了
虽然偶尔也会从树丛中露出一两栋砖砌的房子
但我要告诉你的是
这里同样适合栽种菊花和细长的竹子
同样适合在每一个月夜
枕着松涛读诗

妻子燕是一只候鸟

妻子燕是一只候鸟
每年春天她都要迁徙到南方
不是南方温暖，家乡太冷
我的妻子，她的迁徙
与大雁不同，与小燕有别

每年春天，布谷催归
我的妻子，却
打点起行装
登上南下的火车
将巢筑在了一间小型皮革厂

在那间小型皮革厂
我的妻子，我那咬紧牙关
才没有哭出声来的妻子
她不是一只合格的候鸟
她将巢筑在了南方
却将心留在了家乡

村姑

当城市挤向乡村的时候

我们的村姑

从村边浣纱归来

就再也不唱山歌了

那沟，再也没人捣衣

春水，也就渐渐地消失

我们的村姑

散开自己的麻花辫

开始往身上喷香水

开始穿高跟鞋出入父母的眼睛

哼着奶油味的流行歌曲

我们的村姑

不再扛着锄头出入田野

她们乘着公共汽车

到不远的城里去
挥洒青春

有的很摩登地回来了
有的进城后
再也没有回来

斑鸠

斑鸠是我们的好邻居
住在我们门前的树上
他们白天不喜欢说话
同我们一样
有许多事情要办
腾不出空闲

我们扛着锄头犁铧的时候
斑鸠就留下他们小小的孩子
扑棱棱飞走了
树梢空着，斑鸠
很相信我们

很忙很忙的斑鸠
很晚很晚才回来
在晚风中梳洗一天的劳累
在月光下做伸展运动

和我们心贴心的斑鸠啊
和我们近在咫尺
却很少和我们说一句话

如果我走，就走这条松石小径

如果我走
就走这条松石小径
如果我走
就走这片松林

孤单是孤单了些
可有虫子给我做伴
寂寞是寂寞了点
可有野花尽情开放

我不像你啊
坐惯了车子
穿惯了皮鞋
打惯了领带

我走这条松石小径
鸟儿们不怕我

他们认识我的灰衣裳
蚂蚁们不怕我
早熟悉我的烂脚板

如果我走
就走这条松石小径
松林里有那么多我儿时的朋友
他们一辈子待在那儿
从来没有出去过

我常常低着头走路

我低着头走路

常常被那些横生的枝节

无礼地阻挡

但为了不打搅那些忙碌的蚂蚁

谈恋爱的蝴蝶

我常常低着头走路

尽管有时被碰得头破血流

冒谷溪

从车窗望外面

冒谷溪像一条带子

在盘山公路和车子之间来回晃动

坐在冒谷溪边浣纱的女子

素发高髻，美目秋波流转

像惊喜的晚风，更像一只兔子

穿过片片水柿子树丛

我们停车驻足

冒谷溪水继续向东流去

带着女儿看桃花

如果天气晴好，我要
带我的女儿去外婆家看桃花
如果桃花没有开
我就会让她住在她外婆家
等待桃花一朵一朵开满枝头
我要带她穿过整个桃花林
在每一朵桃花下小住
如果她愿意，我要让她
数遍所有的桃花，并产生
住进每一朵桃花的想法
当然，我也允许她
表达对桃花的爱
用她的方式
表达她对美好事物的向往
但我会叮嘱她的外婆
叮嘱每一个疼她的亲人
叫她对待每一朵桃花
要像我们对待她一样

空巢

昨天夜里，我突然觉得
父亲走了，老家的三间瓦房
再无人打理
就像一座空巢

想起父亲在时
我们出门打工
他守着家园
再苦再累，我们也
记得像鸟儿一样
在春节回家

现在，父亲走了
家变成一座空宅
庭院无人看管
野草肆无忌惮
蔓延到街沿屋角

再没有人了

在这个春节

再没有人为我们推开柴扉

备上一份温暖

等我们回家

空白

我爱失手打碎的茶杯

爱干净的床单上两朵盛开的野菊

爱深夜的月色和蟋蟀的轻吟

我坐拥两棵枣树、一块菜地

爱上一小段时光的空白

这棵草是我的乡下亲戚

站在路口
老远朝我招手
不用说，这棵草
是我的乡下亲戚

不用说，这棵草
老早就认识我
认识我的童年
认识我的光脚丫子

像我众多的亲戚一样
不用说，这棵草
就是摸过我、亲过我
拉扯过我的那棵草

如果我没有猜错
这棵草一定见证过我的出生

参加过我爷爷和母亲的葬礼

曾经在某个夜晚

陪我哭过笑过

不用说，她在路口

踮起脚丫眺望

一定有很多年头了

不然她头顶的几缕白发

也不会在风中

摇晃得如此厉害

在乡下

在乡下，你得学会
以草木的方式生活
你得亲近泥土、热爱天空
和田地里的蚯蚓交朋友
你得关心风、理解雨
懂得鸡鸭猫狗的话

在乡下，一年三百六十五天里
你得按规则出牌
按季节种上大豆、玉米
和你的腰酸腿疼

在乡下，你也会
看到那些外出的蝶、放飞的蜂
但你可别心生嫉妒
为此放下你心爱的锄头
和一生相伴的老妻

一些花开在路边

每天走过，都看见她们开着

有时在左边开，有时在右边开

有时左边开得多些，有时右边开得多些

从来没有看见哪株小草因为卑微而放弃开花的想法

一天又一天，一年又一年，她们都开着

有的叫长尾婆婆纳

有的叫千屈菜、日光菊、松果菊和夏枯草

更多的叫不出名字

就像土生土长的乡下女子

活着，是那么的无名

死了，也只是南山坳的一抔黄土

向一株株小草致敬

向一株株小草致敬吧
在我的南山
它们一路生长
从山下到山顶

在雨中，一株挨着一株
相互鼓励，相互取暖
在风中，一株搀扶着一株
相互帮衬，相互关心

向一株株小草致敬吧
在我的南山，向它们致敬
就等于承认它们是我南山上的主人
是我南山上的父老乡亲

忽略的事物

在我的南山
有很多被我忽略的事物
比如草，那么卑贱地活着
到处都是
你却看不见

比如草丛中的蚂蚁
如此弱小，在最不起眼处
搬运过冬的粮食
对生活是如此热爱
你却不知道

更低处是那些泥土
泥土下默默耕耘的蚯蚓
她们热爱工作
遵守大地的秩序

一辈子无法出人头地
也无怨无悔

它、它们
才是我南山最伟大的事物
才是我南山一辈子的骄傲

我把这个人叫父亲

三十一岁时
我把我送走的那个人
叫父亲。两棵松树
伴他长眠

二十五岁时
我把那个昏迷了
一天一夜，躺在县医院病床上
呻吟的人，叫父亲
为他买了一件
过冬的棉衣

十六岁时，在车站
我把在风中抱紧双肩
侧过身子为我挡风的那个人
叫父亲。汽笛声声
难忘他宽实的背影

而十岁或者更小
我把用火柴莸打我屁股
用荆竹条子打我手心的
那个人，叫父亲
因他，我逐渐学会了
善良、诚实和坚韧

而今，在梦中
我把双颊突出
个子瘦小，一边走路
一边咳嗽的那个人叫父亲
多少次叫着叫着
泪湿枕巾

歌颂

从今天起，在我的南山
我要歌颂如下事物

老早就从泥土里翻身醒来的
蚯蚓，我歌颂它一天的工作

拎着小灯笼到处寻找爱情的
萤火虫，光线虽小
我歌颂它的执着

背着行李到处流浪的蚂蚁
我歌颂它找不到回家的方向
仍旧面带笑容

接着我要歌颂小草
长在沟渠、山野

愿望像针眼般细小
日子却过得大地般实在

当然，蜻蜓点开的早晨
蝴蝶在花上做梦
这是我要最先歌颂的

是它、它们不断地告诉我
世界是如此美好
请珍惜眼前的生活

喊叫你草一般的名字

听，谁在南山深处
喊叫
喊叫你草一般的名字

听，谁推开黄昏
喊叫着
向你走来

云雾溟濛，南山
一片静谧
听，谁的喊叫
应和着风声虫吟

作为一株草
站在路旁
你听吧

听吧。听见谁叫着喊着

你草一般的名字，向你走来

谁就是风中

你那白发苍苍的老娘

在大山

在大山，我是一个微不足道的农民
像那些石头、那些草
我并不比一只蚂蚁明白责任
比一只蝴蝶懂得爱情

就拿今天来说吧
在大山，我得浇完两亩菜畦
看两回秧地。并不比一只蜗牛懂得
重视家庭，爱护儿女

把一个个沉甸甸的幸福
背上生活的坡地

有风吹过

有风吹过。一树槐花瓣
晃了那么一下，就禁不住
落到大地温暖的怀抱
一个怀抱婴儿的女子
就禁不住缩紧自己细瘦的腰身

只那么一下。风就给大地上的事物
带来了变化，给内心寂寞的我
带来了秋天一般深邃而又
成熟的心思

和父亲走走

十多年了，没有和父亲走过路
没有像今天这样
和父亲肩并肩
在村子里散过步

十多年来，我到过北方
和几个朋友走过呼伦贝尔大草原
到过南方，和新婚的妻子
在天涯海角晒过冬日的暖阳

十多年来，父亲没有出过大山
没有离开过这个叫思茅垭的小村庄
他却常常将思念变成苍老的话语
给我送来阳光般的疼爱和祝福

十多年了，我何曾有过丝毫的愧疚
有过带父亲走出深山看看世界的想法

就像今天，和父亲肩并肩地散步

也没有了啊

但是，你们看啊

我那白发苍苍的父亲

他多么满足

面对路过的蟋蟀和蚯蚓

忙不迭地点头

面对迎面走来的三叔和大妹子

忙不迭地说：和儿子走走，和儿子走走

喊出和我同样卑微的名字

站在路边
我想和一朵野菊攀亲戚
和一只蚂蚁称兄道弟

好多年了，我天天面对他们
知道他们平凡、卑微
草一样过完短暂的一生

好多年了，我天天敬佩着他们
不管是在荒野，在高岗，在沟渠
都能把日子过得大地般瓷实
把梦想开得天空般美丽

站在路边，好多年了
我一直在努力，在向他们靠拢
在等待他们喊出
喊出和我同样卑微的名字

等我走后

请你捡起我遗留在屋子里的格言
那是未来的、书本的
请擦去我的偏执和多余的话

然后，请把灯移到靠窗的地方
请推开窗户告诉所有的人
因为我，整个屋子曾经是诗意的
哆嗦的和形而上学的

我爱那半截小路

我爱那半截小路

偷偷地爱那半截时光

好多年了，我爱她的花丛，她的经历

她那迷人的小水塘就像她脸上那枚梅花的印记

我爱她的小聪明——藏着童年和阳光

爱她的小脾气——有时几滴雨、一场霜降

我爱她对我没由来的摧残

让我至今不惧风雨

芭茅

乌江河岸，遍地盛开着芭茅

仿佛我白发的母亲

有着最普通的容颜和温润的气质

她们在大山遍地生长

渴了就喝清凉的乌江水

孤独时就着山风自说自话

发出的气息质朴而有泥土味

她们爱天空、大地

也爱漫山遍野的牛羊

爱辛勤的蜜蜂，也爱在草间做梦的蝴蝶

对于从她们怀里飞出的阳雀

跑出去的兔子，也日日牵挂

担心她们因为单纯和善良

迷失在烟雾中的异乡

你看，秋凉了

她们还在乌江岸边的

山野里、小路旁

肩并肩、手挽手

借着岸边新修的一处信号塔

踮起足尖眺望

清澈的眸子里

满是那秋风也剪不断的思念

在汩汩流淌

月光哗哗

有的人在睡大觉

梦到苹果或鹌鹑

有的人在唱歌

歌声像锯片，锯得耳朵疼

只有我一个人在屋子里

倾听屋外月光倾泻的声音

哗哗　　　哗哗　　　哗哗

像下雨

戴草帽的人

阳光一点一点落在
戴草帽的人身上

戴草帽的人
没有注意
阳光的白
阳光的暖

戴草帽的人
只看见
一大片麦子
阳光一样
铺满大地

手中的镰刀
情不自禁地
动了一下
再动了一下

三棵树

"三棵树"
不是三棵树
是一个小地名

在乌江的左岸
与我的亲人有关
与一座打铁的寺庙有关

我的小学，就在离三棵树
不到一里的地方
两三间干打垒的房子
一个驼背的老师，天天背着我
渡过一条不知名的小河

也是在一个下雨的早晨
或者是有风的午后
我认识了小我两岁的小花

和她爬上寺庙的顶端
看外公在庙里打铁

如今，三棵树作为一个地名
还在乌江岸边
今年我回家，看见寺庙还在
只是外公走了，小花去了南方
那个熟悉的铁匠铺
早已杂草丛生

给村庄送别

电话里
父亲说年轻人都不在
大伯去世时
全靠他们几个糟老头子

多重的棺材啊
一里多的山路
他们歇了又歇
邻家的张大爷
差点儿背过气去

咳了几声
父亲又说，他老了
有一天双脚一跷
谁来给他扛棺木
谁来给他送终

千里外
我握紧电话的手
禁不住有些颤抖
想说的话
一下子咽了回去

想起偌大一个村庄
如今全剩些老人和孩子
我担心，有一天
村庄也扛不住了
谁来给我们的村庄送别

点灯的人

点灯的人，在黑暗里摸索
不知道半截希望的蜡烛，藏身何处

点灯的人，首先点亮的是火柴
微弱的光，照不亮阴暗的自己

点灯的人，听得见暗夜里咚咚的心跳
黑夜强大，犹如潮水

点灯的人，与黑夜抗衡
试图把身体里的黑，一点点挤出去

他划亮了一根火柴，又一根火柴
他划亮了最后一根火柴
半截希望的蜡烛，依旧在黑夜的深处

点灯的人，点亮了自己
开始新的寻找

以身体为鼓的人

以身体为鼓的人
从身体里抽出一根肋骨
并以此作为鼓槌
不断敲击脆弱的心脏

让灵魂发声
让孤独说话
让失败有了命运的借口
由此拒绝一切

拒绝在石头里取火
在树梢上发展爱情
拒绝扭开心灵的锁孔
并敞开自己的心胸
给飞鸟看，给游云看

就这样，以身体为鼓的人
在这个黑夜敲打自己
像敲打动人的诗篇

我羡慕那滴叫露珠的雨

在众多的雨中
我羡慕那滴叫露珠的雨
羡慕她有一个好的出身
有个好的去处

羡慕在众多的雨中
她最先落下，最先被一朵梨花选中
成为一朵花的王冠
成为一朵花的珍宝

好多年了，每当我想起
那个多雾的清晨
我就羡慕有一个好天气
提供给她，有一份好心情在等待着她

而她，除了有一个好听的名字
一副柔弱而多情的身子骨
还有一双玲珑剔透的眸子
饱含着一颗露珠对一朵梨花的情意

有一些花一直开在你的心里

有一些花开了不一定有结果
比如梦，从童年一直开到现在
你还是一个教师

有一些花是因为有了结果
才如期开放
比如泪花，因为悲伤的突然降临
它才拼命开在你沧桑的脸上

有些花开了，却只是瞬间的惊喜
你来不及收藏，来不及看清
就像雪花融入大地
就像昙花开在夜色

当然，有一些花一直开在你的心里
开成寂寞的样子，孤独的样子
只是至今，无人知晓

独角戏

我一到，所有人都离开
原定的位置空着
许多的位置都空着

难道我是一个令人生厌的人？
难道我是一个生活中的另类？
我长相平平，心里不藏针，嘴里不含蜜
双手空空，对谁都构不成威胁

他们为什么离开
为什么空出如此遥远的距离
去戒备、去抵触，把内心深藏

这么大的一个舞台，空荡荡的
留下我一个人，唱独角戏

我喜欢背着手走路

我喜欢背着手走路

一是怕前面的你

看见我正在进行的小动作

二是怕后面的你

出其不意地攻击我

我的手在后面

既可以处理我的后顾之忧

又可以帮我防住你诡谲的眼神

洞穿我日渐空虚的心胸

只有在无人的角落

我才喜欢把我的手解放出来

扶正路旁被你踩歪的小草

揩干我因风而流下的眼泪

抚摸

让我抚摸那张椅子

那上面有你的体温

让我抚摸那把镰刀

那上面遗有经年的麦香

至于那道门槛、那棵老树、那缕月光

我都将在今后的岁月里

用思念慢慢抚摸

因为你走时，父亲

那道门槛试图挽留

那棵老树曾经惦念

至于那缕月光

一直追到了对面的山上

月光

月光，披一件洁白的外衣
绾一只情结，在我们的头顶
她一直在游走，喘独特的气息

月光，在枝头拂每一朵小花
在我途经的每一条山石小径
露出印有窗花的格子
她的衣袂在风中猎猎作响
匆匆的日子，多像她在
幽暗中的一笑
迷人的芬芳令我怀想

我在每一个夜晚都要小立
在无人的角落倾诉
月光，总在恰当的时候
裹紧我灵魂中飘逸的部分

如今我耐住了这样的寂寞

在乡村独守一方清贫

你看月光温柔的样儿

她相信我能

把每一个夜晚都坚守到底

三味书屋

再一次打开课本
先生的那张八仙桌
依旧横陈一隅
耀眼如先生的"早"字
虽无法看清
但从字里行间被翻出来
用了不下千回

放学后，孩子们
顽皮一如先生
去百草园捉蛐蛐
开挖千年的何首乌
只是美女蛇的传说远了
先生的之乎者也没了

有的只是那只梅花鹿
身子肥硕，依旧静卧在

那面斑驳的老墙上

看上去，只比以前

多了些沧桑

第二辑

—— 群山之下

p059 — 110

仲景老师过宜居沟

仲景老师过宜居沟时
说西斜的阳光打在梯子岩上
说云朵、小鸟、绿树、溪流
像极了乡愁

他不知道乡愁之于我
就是天子岭下的朵朵瓜花
就是凤凰溪底的黄鳝泥鳅
他不知道乡愁之于我
就是外婆家的火铺
就是火铺上煨熟的红苕洋芋

他笔下的院坝戏台
我没有见过敲锣打鼓
我只晓得唢呐声中
表妹渡过了凤凰溪

把满塘的蛙声和我一肚子的相思

留在了宜居沟

他最不够意思的是

路过我外婆的村子

居然不知道那痛骂丈夫的农妇

就是我乡下的亲戚

那遍地的芫荽白菜

他可以随便扯几把

带回家

我想去看一位朋友

很久了，我想去看望一位朋友

他住在很远的山上

有槐花一样的品质

明月一样的心

他住在很远的山上

一间漏风漏雨的茅屋里

他不是隐士，他是红尘中人

他也自己种菜，自己点瓜

自己放牧牛羊

他住在山上，有一条大路通向他家

有一条小溪，春夏时会流经他的门口

他也看书，但不经典

他也读报，但不时事

他有一块菜地，有一处果园
劳动之余，他也抚琴哼歌
有闲的时候，他也抽烟打牌
隔三差五，他还会背上小背篓
到镇上聊天吹牛，称二斤五花肉

只是他住在山上，在没有人的夜晚
喜欢一个人去踩细碎的月光
一个人背着双手，像古人一样漫步
喜欢一个人在荒芜的小径上
把影子拖得老长老长

我知道他住在什么样的山上
守着槐花一样的品质
明月一样的心
很久很久了
我想去看他

群山之下

群山之下，是沟壑
是谷底，是人生的下坡路

群山之下，河流静静流淌
不知多少春秋
小草与灌木，因为无名
而自由而散漫

我把一生藏匿于谷底
群山之下，我以最低的姿态活着
俯身草木
不问世事荣辱

群山之上，万物喧腾
众神归位，各占山头

走夜路的人

星星点灯
走夜路的人
照亮旷野

心中的鬼在夜色中冲撞
走夜路的人
竖起领子
步伐快于虫声的节奏
又略等于虚无

也许是心有不甘
也许是路在前方
走夜路的人以为
一路走下去
就能见到阳光

走夜路的人
掀开黑夜
就如掀开一床棉被

揽镜的人

秋霜在镜中
揽镜的人告诉我
白月光是如何爬上窗棂
一地落叶堪比满腹心事
没有什么应该忘却
只有怀念

揽镜的人，面容清癯
一袭长袍有古人遗风
他揽镜却不自照
他只照背影，照身前身后
无尽的虚空

他比落花更瘦
却比流水更多情
他揽镜之际那一声哎呀

足以令山河动容
于无声处起风雷

他揽镜，镜在手中
犹如一块玄铁
割开时间的伤痕
揽镜的人只对我说过
镜花水月，他都清楚
什么是真
什么是假

山中的四月

山中的四月，寂寞在燃烧
木鱼声声，隐在桃花深处
沿着松石小路，我们爬山
企图远离扑面的灯火

鸟鸣是最清静的谶语
小溪是山野的守护神
绕树三匝，我们心境空明
如水洗一般，没有了杂念

去郭十里，山高林密
最是灵魂好去处
四月是个皈依的季节
我们都说：心中的山门，为我们敞开

半截光阴

我爱的那条小路，你们都不爱
我爱的那路边风景，你们全说它无用
你们都在背地里暗自笑我不合时宜

而我沿小路孑行
就爱那四季枯荣的路边草
爱它们的自在和漫无目的
就爱那树梢遗漏的阳光
爱它们的散淡和无拘

我只想远离人世的繁华与喧嚣
沿这样的小路一直走下去
把一辈子的时光慢慢消磨
我愿离红尘八丈远
看你们名里来利里去
起早贪黑，就为了活出个人样

我知道我爱的你们都不爱

这半截光阴只属于我

我的小聪明耍在你们看不见的地方

我留下的，你们要多年后

拨开草丛才能看见

我有过寂寞的乡村生活

你在屋里绣花
用针线绣出风景
我在门口除草
让干净填满虚空

再等一会儿
我们就会出门
你向左拐入一个集镇
我向右爬上一座高山

再等一会儿
庭院深深藏不住寂寞
看门狗躺卧在那里
我们不回来
它不会起身

再等一会儿
鸟雀就会飞下枝头
蚂蚁就会爬上灶台
只要我们不在
这些我们豢养的小生灵
就会肆无忌惮

而那穿透竹林的阳光
就会像金子一样
洒下来、洒下来……

我只想让自己慢一点

上山时，我用低八度的声音唱歌

用慢于时光的节奏点数阳光

我关注一只蚂蚁花半天时间爬过草梗的过程

更在乎一只草蜢用前翅摩擦发出的叫声

我比天空的雄鹰耐得住寂寞

比草地上咀嚼光阴的牛羊静得下心思

我可以花一上午的时间

等待一朵山花的开放

可以用一辈子陪着山下的乌江河水

慢慢变老

我和所有的人都不一样

我不爱新修的花园广场和气派的购物中心

我不想让灵魂涂满黄金的釉彩

让物质左右我的生活

我不想让自己快一点再快一点
我不想拼命跟上世俗的节奏

我来到山上，只是为了
让自己慢一点再慢一点
只是为了让自己
一点一点落入草木
穷尽一生，把这种慢进行到底

不时检点一下我的人生

万物都是向上生长的
事情都是向前发展的
这样想时，我不由得迈开了脚步

从宇宙看地球，世界是干净的
时间只是一条静止的长河
这样想时，我不由得放弃追名逐利的心

太多的事物刚存在就消亡
太多的人还没有活明白就离开这样的世界
这样想时，我禁不住回头，不时检点一下我的人生

父亲，我们干一杯

整个世界全属于你了
父亲，起来，我们干一杯

你在时我老抱怨你酗酒
从没有让你一醉方休
来来来，现在你就剩几根骨头了
什么高血压高血脂
通通不用考虑

这块石桌是为你专门准备的
这两棵柏香我没有动过一枝一桠
来来来，父亲，就当在自家院子里
就当在自家酒桌上
就当遇到了你千年的知己
干一杯

天色不早了，不管它
田野荒芜了，不管它
让牛羊在山上吃草
让锄头在墙角休息
今天的日子是我们的日子
今天，我们不谈工作，不关心大事
来来来，让我们就着花生米
喝成兄弟

人生难得痛快一回
父亲，都八个年头了
都八个年头了我才想明白
我早该像今天这样
和你痛痛快快喝一杯

我一生只做两件事

我一生只做两件事

让自己慢慢长大

让自己慢慢变老

在长大的过程中，我用二十几年时间

完成从农村迁到城市的壮举

用三年时间证明，一个小女人

值得我呵护一生，一个小女孩

值得我付出生命的全部

在变老的过程中，我用剩下的时间

减去健康，减去亲人

像人间仅存的硕果，吊在一棵树上

体会到了什么叫悲欣交集

什么叫命定的安排

其实现在我才明白
最后还得把自己交出去
灵魂交给上帝
皮囊交给大地
一生是非，交给后人言语

现实中的楠木湾

一条深沟，两山倒逼过来
形成夹角，这就是楠木湾

没有楠木，只有杂木
挂在崖上，枝干扭曲
形容憔悴，让人提心吊胆
只有灌木，长在水边
挂满各种白色垃圾
让人心里堵得慌

水倒是清澈的
自南向北流着
水边也有一两块沙地
可供我们铺上毡子
搞野炊

至于阳光，斜斜地照过来
落在水中，落在身上
像绒毯，像羽毛
那么暖和，那么轻柔
足够让我们一行人兴奋

唯一遗憾的是
在楠木湾，河水清浅
枯涸的水中没有鱼儿
想象中砸鱼的少年
一直没有出现，没有出现

鹿角坪

1

在鹿角坪，树总是顺着风的方向
生长，草长得
野蛮、强势
比树更多地占领
阳光照到的地方
阳光照不到的地方

在鹿角坪，盘山公路一节节的，像盲肠
从石缝中扯出来又从石缝中钻出去
更远处顺着山势向前爬行
像绳子，抛起来，搭在
起伏连绵的山上

在鹿角坪
最多的是麻雀，最大的是牛羊

最小的是蚂蚁，而最孤独的

是人。与草木一起

只有人才会感到

挣扎一辈子，最终

只有大自然会宽宥我们

2

曾经幻想在鹿角坪

放牧牛羊

远离都市的嚣骚

在苇丛中建一座房子

开辟一块菜地

让牛羊在山坡吃草

让自己顺着山风

把短笛横吹

清风明月的调子

白云一样飘荡

蓝天一样悠扬

3

"现实是个跑马场"

只有来到鹿角坪
你才明白
你拥有什么
你失去了什么

只有站在鹿角坪
你才明白
应该争取什么
放弃什么

而你一旦离开鹿角坪
你就会发现
先前你是什么
最终还是什么

4

其实，在鹿角坪
最不吝啬的是阳光

它大范围地照过来

像给我们披了一件棉衣

其实，在鹿角坪

最风景的是一种叫黑松的树

它总是顺着岩石生长

在最危险的地方

活得最有风度

其实，在鹿角坪

最多的是苇草

最少的是人

最后被浸没的

是浮躁的人心

5

万物都在变化

在鹿角坪，新修的公路

穿胸而过，汽车的每次震颤

必然是一次揪心的疼痛

"鹿角坪的胸膛上立着刀刃"
满地阳光堆积
我们把车停在路边
更多的车停在路边
我奇怪我竟然想把鹿角坪孤立起来
让它在郊野，遥拥峥嵘

6

拐弯处，一群骡子
驮运石子、沙子与水泥
目的地：对面的山上

来自凉山的骡夫
告诉我们，公路到不了的地方
他和他的骡子能到

他们常年在山上
最怕孤独，最向往热闹与繁华
最不理解，我们跑进山里
拥抱草木，就以为有了宁静之心

7

离开鹿角坪
翻看照片，遍地苇子
白得晃眼，两个小孩
藏身苇丛，像两只可爱的兔子

同事小肖，与骡子为伍
在公路的拐角
同事小冉，倚悬崖而立
傍一棵黑松
阳光打在他们脸上
看得清他们的笑颜

至于同行三个女人
一个是小肖的妻子
一个是小冉的爱人
一个是我老婆
她们一路留影，像放出笼子的
三只白鸽

只有我，隐身草木
踪迹全无
鹿角坪，你拿什么证明
我来过

父亲来看我

沿着乡间小路
我梦见父亲来看我

不曾忘记，他一有时间
就来看我，走多远的路也不在乎
还是父亲的样子
瘦弱、矮小，着的确良上衣

这次他坐我的沙发
喝我的茶，却没有吃我的水果
这次他没开口
只是背起双手
检阅了一下我最近紊乱的生活

记得上次，在梦中
父亲带来家乡的柚子
告诉我母亲在想他

这次，他劝我注意身体
别写无用的诗歌

每次到梦中
父亲都一脸慈祥
只有一次是我去看他
他在山上开石头
抬头问我，哪一块
适合做他的墓碑

呓语

我不会告诉你，无聊时
我在庭院数步数
倒退着踩自己的影子
无聊时，我在门前看花开花落
在山间看云聚云散
无聊时，我还会惩罚自己
挑水、劈柴
努力爱上这人间的生活

阳光下走动着几个人

瞅这冬日阳光，沿着山脊
一路倾泻下来，临近十点才洒满
河谷。半过月没见的徐老太太出来了
坐在轮椅上，与邻居张老头
翻晒陈芝麻烂谷子的旧事

瞅这冬日阳光，鸟儿出来了
大胆在路上觅食。半截长绳子
挂在谁家半颓的院子里
白棉衣挨着黑棉裤，一床毯子靠着
一床棉被。最末端，一条红裤衩
在微风中，惬意地摆动

瞅，这阳光下走动着几个人
一路歌唱，隐身在后山冈

事实如此

我就在这儿坐一会儿

让阳光照一会儿

同这棵栾树呆一会儿

看看那些流云，聚散两依依

听听那些鸟儿

高一声低一声歌唱

我就在这里嗅了嗅青草

亲近了一下身边的野草花

顺便揉了揉红尘中忙乱的双脚

对从未放过的自己

说了一声对不起

背儿山

远远地望着，你背着我
爬过那道山脊
阳光给你一个好看的侧影

母亲，你的背是世上
最宽阔的床，你跋涉的每一步
都是给儿催眠的童谣

看，儿在你背上睡着了
他梦见三十八年后的你
拄着拐杖，站在村头，盼儿归来

中年车

人到中年，人生这部车子

已然历经风雨

四处漏风

我开始注意保养

注意饮食和卫生

不食油腻食物，少熬夜少喝酒

多吃米饭、青菜，多喝开水

每日三餐，粗茶淡饭

坚持走路，每天在朋友圈

晒步数。开始保护声带

上课戴"小蜜蜂"

开始调整心情，任何时候都

不生气、不发怒

再顽皮的孩子

都坚持说服教育，用爱心

融化他们心灵的坚冰

不再关注工资与物价

不再关心职称与晋升

从今以后

一切财政大权交付于老婆

一切功名利禄交付于浮云

学校职务全辞了

班主任不当了

就做一个普通的老师

上几节课

留点时间到学校后山散心

亲近大自然

多识鸟兽虫鱼

没什么事可干，就

折叠衣服，打扫屋子

找张白纸，随便涂鸦

牢记

关心身体就是关爱自己

坚持一年一次体检

不走过场，不搞形式

心肝脾胃肾，哪个出问题

坚决返厂维修

一定要让我这款最最普通的车子

再开它几十年

不至于中途报废

黄荆棍

父亲不信鬼不信神

只信奉黄荆棍下出好人

我们小时候，他总在门背后

立一根黄荆棍

谁做了错事

就用黄荆棍抽打

我们在他的黄荆棍下

规规矩矩成长

如今，我们兄弟仨已长大成人

却常为俗事烦恼，为生活揪心

难免昧着良心做事

厚着脸皮做人

很多时候，站在父亲坟前

我们在内心呼喊

父亲，你站起来吧

拿一根黄荆棍

再抽一下我们

十四行诗：在行与行之间

换掉一行后，你留下了另一行
在一行之外。起于第二行
你笔走龙蛇。起于田垄
你一行是一行，整齐得像庄稼

这一行留下一个念想
另一行不过是形式所逼
非得在第三行空格
在第四行挤下一个苦字吗

其实没有必要，在行与行之间
挑起战争，把烽火烧到细节之外
守住一尺见方，回车过后
天地自然宽阔像跑马场

容得下词与词之间的缠绵与争斗
容得下半截愁肠，远在青山之外

亮瓦

父亲爬上屋顶
让我递给他一块亮瓦
面对一大片天光
他在犹豫，该把这一小片的亮瓦
放在哪个更为合适的地方

厨房在偏西角
升起的炊烟飘过了朝门口
堂屋里祖先安坐神龛
三大围席盛满金黄的粮食
厢房靠山，光线昏暗
住着我、二哥和猫

端坐屋顶，父亲神色安详
并不急着下手，亮瓦在手里
就像攥着一家子的命运

系着围裙的母亲站在街沿

等着父亲完成最后一道工序

厨房里，饭菜的香味追了出来

父亲不再犹豫，很小心地把亮瓦

覆在了堂屋的顶上

我爱这样的早晨

我爱邻居小张

六点的开门声

我爱他给我们提供的

新鲜的豆浆和油条

我爱我的同事邬老师

六点三十爬起来

带着一群孩子跑步

我爱孩子浑身的力气

全使在了该使的地方

我爱我的家人

妻子睡在我的身边

身体舒展，神情恬淡

我爱我的女儿

脚步声轻轻

不打搅我的沉思

在这样的早晨

我爱一早起来拉客的长安车师傅

大清早就开始吆喝的猪肉贩子
我爱我生活的小镇
爱它的烟火气与底层精神
同样，我也爱复苏的大地
爬上山崖的太阳
我爱在大地上行走的人
扛着行李，走向远方
深居乡野，我也爱那远方
爱那万家灯火
是它们点亮了我的祖国

我们来比一比

与宇宙相比

我热爱的地球太小了

小过我手头的泥丸

与地球相比

我可爱的祖国太小了

我的心足够装下

它的万里河山

与祖国相比

我蛰居的重庆太小了

藏在西南一隅

在地图上也不过二指宽

与重庆相比

养我的酉阳太小了，好多年了

脱贫攻坚前它还是一个贫困县

与酉阳相比

生我的故乡太小了

它只是游子眼中

不可忽略的一个小点儿

与故乡相比

落单的我太小了

飞来飞去

总扯不断那思念的线

如果记忆可以删除

如果记忆可以删除

我首先删掉白天说的那句话

至少我看起来还可以不那么无知

我要删掉本周来

那些重复再重复的工作

至少让我看起来不那么累

当然，长在内心的有些想法

也在删除之列

它太隐晦了

好多阴暗的部分

谁也无法保证它不会偷偷溜出来

把真实的我暴露于光天化日之下

当然，多年的习惯也在删除之列

它恋上循规蹈矩和一成不变

使我年纪轻轻就成为了

一个刻板的人，一个僵化的人

一个一条道走到底的人

如果时间可以无限推移

我还有必要删掉我那半截的童年和少年

那么多不谙世事

成就现在的我

算术题

算一算，我一生

可以买好多书

好多书能够占满我的一面墙

好多书终生不翻

或者只是偶尔翻一次

好多书像朋友

喜新厌旧

好多书像敌人

啃下它就是一场战争

算一算，好多书

读了又丢了

好多书来自别处

主人还在着急

好多书藏在我心里

成为了记忆的一部分

言语的一部分

你只要过来

就知道，我喜欢哪些书

看了哪些书

哪些书只是面子

丢

不

得

阵脚乱

一个人在空荡荡的屋子里游荡

一个人的江湖

一个人的风起云涌

一个人面对一面冰冷的墙壁

一个人独当一面

一个人在屋子里解决战斗

一个人围着一个人的天地

灯是太阳，书是天梯

一个人踩歪一个人的脚印

没人知道，夜色深沉

水龙头如滴漏

一个人耗在一个人的时间里

像一颗星耗着另一颗星

一个人的距离在方寸之间

一个人的距离咫尺天涯

一个人乱了阵脚，纸上的文章

谁给补上

第三辑 ——— 住到风暴里去

p111 — 158

致父亲

1

墙上，挂着
你唯一的遗像
父亲，我的心里
却一直重叠着你的中年和老年

我想和你说话
谈谈中年的阵痛与苦恼
父亲，当年你有的抬头纹和霜鬓
我现在也有了，当年你扛不下去的难
我现在还扛着

你不要笑话我一再弯下的腰
不要批评我把生活弄成一团乱麻
父亲，我常为你的孙女发愁

她不够努力，不够自律
十多岁了，天天让我担心

这可是你最疼的小孙女啊
她在你的晚年给予你的快乐
比你一辈子还多，父亲
我记得你的叮嘱
我一直想让她成为你心中的样子

可父亲，树总是因为固执而弯曲
我就是因为太疼爱才让她
变成如今的模样
父亲，你说
我该如何面对你
如何面对自己

2

人到中年，父亲
我开始理解你
理解你在我这个年龄的固执
冷漠和坏脾气

生活太重，理想太轻

我如今和你一样

因太多的退缩而处处碰壁

我理解你在大庭广众中

为何常常缩紧自己的寒衣

回到家里，又为何喝下太多的烈酒

父亲，我曾经笑话你

现在我也是笑话的本身

我曾经不屑，现在我也成了

不屑的一部分

3

父亲，如果可以选择

我一定不做你的儿子

见证你一辈子穿老蓝布衣服

一辈子穿解放鞋，一辈子企图从地里

刨出一个金娃娃

一辈子没有直起过腰杆就老了

父亲，如果可以选择

我不允许你雪夜上马鞍城扛大料

不允许你顶着月色在乌江河撒网

不允许你因为妹妹一句话

爬上悬崖掏岩蜂

不允许你 50 岁了还离开家乡

用艰辛换取我的学费

父亲，如果可以选择

我绝不允许你

为了一张砍伐证，去一再求人

因为至今我还记得你发高烧的样子

一脸肿胀，疲惫不堪的样子

蹲在门槛，抱头叹息的样子

明明知道你的肺部有阴影

父亲，你说只是因为抽毛草烟

那烟子熏黑的，明明该进医院了

你却说你就是赤脚医生

什么病没有见过

死活不肯花那冤枉钱

父亲，明明你可以活得更好，活得更久

可你偏偏草一样过完匆匆的一生

如果可以选择

父亲，来生就让你做我的儿子

让我把你经历的风雨再经历一遍

把你尝过的苦辣酸甜再尝一次

用你给我的爱，深深爱你

带露的孩子

我的孩子是一个带露的孩子
他也带闪电和光
我的孩子是春天的孩子
在爱和花丛中，有足够的时间
慢慢长大

我的孩子是吃苦的孩子
他记得麦苗的长势
扶正日子像扶正锄把一样顺手
我的孩子就是另一个我
同样经历风雨
只是比我更懂得成长

毛狗路

有时候，我其实想走大道
可大道太拥挤，不得不选一条
荆棘丛生的毛狗路
有时候，我走很远了
仍然能听到有人喊我回头

我常常走到一半又折返回来
常常折返回来又重新出发
我是在来回奔波中
走完了自己疲惫的一生

我是这样教育孩子的

孩子，你爷爷就是最朴素的
教育家，他常教育我
心急吃不了热豆腐
一口吞不下金娃娃
我做事马虎，作业常出错
他老批评我捞到半截就开跑
像慌张兔。他从不在吃饭时教育孩子
他说雷都不打吃饭人
他坚信从小偷针，长大偷金
我们常常因为小错也会遭到大惩戒
有一次我逃课
他用黄荆棍抽我
说翅膀都没长硬就要飞天
孩子，黄荆棍下出好人啊
你爷爷没有文化
这些都是最朴素的真理
来自你爷爷的爷爷
来自代代相传

住到风暴里去

孩子

住到风暴里去

住到风暴的发源地去

成为风暴，成为发起风暴的蝴蝶

成为蝴蝶的那双翅膀

你在幽暗的丛林

不经意的一次扇动

首先振动的是树

是那片森林

是连接森林的那片地区

那个半球

接着是我

在遥远的星系

接收到了来自你的问候

孩子

偏爱

我偏爱黄昏

偏爱夜深人静

我偏爱你

大漠里的落日

海上的孤帆

天空中落单的雁

我偏爱你

半夜回家的人儿

我爱你的迷途知返

爱你受了伤

首先想到回家

推开门，去拥抱你的妻儿

我偏爱你

头顶的一缕乱发

额上的几道皱纹

我偏爱你抱住我那一刻

多少的话儿已说不出口

乡下萝卜

在乡下，萝卜是最朴素的
它与白菜青青白白的一生
滋养了我的亲人

在乡下，萝卜也是形而上的
父亲常对我们说
一个萝卜一个坑，拔出萝卜带出泥

在乡下，萝卜也是神圣的
它被摆上神龛，插上香火
同祖先神灵一道
成为我们顶礼膜拜的一部分

打猪草

每天放学回家

我都要打猪草

鹅茵草长在菜地里

对苍苗、蒿芝长在包谷笼笼

岩豆瓣长在石头上

一大片一大片

我知道哪些野菜是

猪的最爱

每天放学回家我都要打一背猪草

铡碎了，和些包谷面

煮熟后，倒进猪槽里

从小我就喜欢看着猪儿长膘

盼着腊月杀猪的日子

因为栏里那头大肥猪

是我喂肥的

枯水期

枯水期，鱼儿躲进岩隙里

靠剩余的水活着

两岸裸露的不光是一坡的鹅卵石

还有一两个挽着裤腿和衣袖的村姑

和她们的捣衣声

枯水期，天空的云退到最高处

偶尔出来照影

槲叶无声，悄悄落满山坳

枯水期，几只松鼠跳过短枝

一颗榛子落下来，滚到我的脚边

我拾起来，又是一把秋声

扫扬尘

腊月，母亲扫扬尘

从后山砍来梭梭草

扎成一把铁扫衣

用它扫去经年的积尘

霉运，旧东西和无用之物

再用旧的过滤布当抹桌帕

细细擦拭蒙尘的斗橱

条桌和碗柜，在

空出的地方贴上对联

在油烟熏黑的地方

挂上老腊肉和香肠

每次扫扬尘，母亲都满怀虔诚

特别是对神龛上祖先的牌位

擦拭了一遍一遍又一遍

阳光落在穿阡洞

阳光落在穿阡洞
溶溪河带着情绪流过
我们像撒在大地上的孩子
瞬间恢复了快乐与天真

阳光落在穿阡洞
落在鸟声风声里
溶溪河静下身子
轻轻抚摸我们一身的疲惫

我们这群城市豢养的宠儿
逃离钢筋水泥的丛林
膏田用一地桑麻迎接我们
溶溪河用清澈为我们洗尘

阳光落在穿阡洞
同时也落在我们身上
我们压抑好久的身体
开始慢慢地打开，慢慢地打开

幸福

晨光中，一只蜗牛
正在向前爬

我去时，它专注于一块
低处的石头。我回来时
它倾心于一株低矮的枯枝

前前后后，我发现
它只是把一肩的幸福
从小路的左边
搬到了小路的右边

孩子的笑声

像清亮的水
穿透阳光
对门女孩的笑声
同时穿透了我
穿透了整个下午

谁能拥有这如此干净的笑声
谁能拥有这如此干净的快乐

不是成功过后
不是得意过后
不是一夜暴富
不是步步高升
不是遇见爱情
也不是好心情碰上好事情

应该只是该笑了

应该只是想笑了

这样的女孩

她就笑了

笑得那么纯粹

让我脸红

我的邻居

隔壁篱墙上的牵牛花
明目张胆地爬过来
把花开到我家院子里

隔壁的老母鸡
爱上了我家的公鸡
穿过篱笆墙
把蛋下在我家天楼上

隔壁的阳光，总是
斜斜地送过来温暖
隔壁的大娘总是隔墙招呼我
到她家吃饭

我的邻居是个好邻居
修理堰沟时

一并把我门前的下水道疏通

此刻，我们正坐在屋子里

喝我新买的宜居茶

写完一首诗

写完一首诗
我会把它晾在一边
好像完成了一项工作
我会想方设法去
完成另一首诗

在一首诗与另一首诗之间
有一小段的空白
足够用来填补空虚、失望
和与生俱来的孤独感
足够我在现实与虚妄之间徘徊

当然我也会完成第三首、第四首
像接龙游戏，我会乐此不疲
直到玩不下去了
我才会有短暂的休息

在这短暂的休息里

我会读诗，读别人的诗

读自己的诗，只是多数时候

我已不满足于诗歌给予我的寂寥

假如时光可以倒流

退回到五个月前

她在家吃饭

还没吃上一口

就倒在了地板上

退回到一年前

她在乡下

吃得走得，只是双脚有些浮肿

退回到两三年前

她的糖尿病越来越严重

有过几次大小便失禁

却常忘吃药

退回到八九年前

她在医院

第一次查出高血压和糖尿病

退回到十几年前

她身体棒棒，吃饭喷香

在家养猪和种庄稼

退回到二十多年前

她守着乡场做生意

死活不同意自己的幺女

嫁给我这个教书匠

退回到三四十年前

她年轻力壮

一口气带大六个娃娃

退回到五六十年前

她还是个漂亮的姑娘

头戴大红花

嫁给了我的老丈人

我想去巴黎

我至今还没有出过国
出重庆的机会也仅有几次
我四十多岁了
还耽于乡野，最远到过云南和贵州

我想去巴黎，在电视里
我看过埃菲尔铁塔
看过香榭丽舍大街
主持人说，那是浪漫之都
可以邂逅玫瑰和爱情

人生四十
我还没浪漫过
我还没有让我这株落在乡下的野草
开出过意想不到的花朵

其实，我对巴黎的了解
仅仅是这些也只能是这些
我想去巴黎
它只是我异想天开的想法
不小心落在了乡间小路上

在叠石花谷的水边邂逅一只蜻蜓

应该是从唐诗中来
从宋词中来
夹带绝句的五言七言
宋词的上阕下阕
飞来停在水边

这现实的停机坪
足够停下所有遐想，这只
有着一对复眼的大家伙
敛翅停栖在一株水菖蒲上
是水菖蒲的命好
是目击者的命好

我爱上了这乡间的生活

我爱这落日
爱它离开时的缓慢与不舍
爱这归鸟，它急切地掠过
晚风吹拂的树梢

我爱这黄昏，爱黄昏中
负薪前行的妇女
她腰间别着的柴刀
闪着朴实的尖光

遗像制作

从她的生日中

抠出笑容，随便抹去

层层叠叠的皱纹

还她光洁的额头

从梵净山顶的浓雾中

抠出她的脚步，这是她一生

可以抵达的最远的距离

同时从一生操劳中抠出她的双手

洗尽指甲的污泥

努力恢复她年轻时的嫩藕

从乡下的田间地头抠出

她的眼泪，每一滴都是生命的故事

抠出她尝遍生活的苦辣酸甜的嘴巴、舌头

随便也把她的唠叨和抱怨留下

抠出她听风听雨的耳朵

因为她同时听惯了墒情

让我们最终把她拼凑成
一位地道的农家妇女
唤鸡养鸭，重回乡下
背景是日渐苍茫的老家

豆地

看到豆地

就看见了我的童年

看见了秋天、收获和金黄

看见了油烟熏黑的旧时光

就在我饱满的记忆里

裂开一道缝隙

让我不得不愣神在这样的下午

这样的一块豆地

一个农妇躬身扯一把豆子

抬起头来

我差点儿没有忍住

叫一声娘

搬家

年轻时，搬家就是搬希望
就是把自己当作最值钱的物件
搬到另一个地方
丢掉一些舍不得的
抱紧另一些舍不得的
租一个三轮，嘎吱嘎吱上路

现在，搬家就是跟自己过不去
就是和多年的老习惯拜拜
租一辆大卡车，满满一车不舍
人却成了车上那最孤独的物件
车都开出好远了
目光还停留在出发的地方

夜深沉

尖利地穿过你的耳膜
像夜色淋湿你的全身

是雨声、风声
还是虫子在夜色中的浅吟
是鸡鸣、是狗吠
还是蚕嚼桑叶马啃夜草
你，无法确定

可以确定的是
你均匀而绵长的呼吸
自胸腔汩汩而出
这唯一的活水
滋养了你的孤独

草木生活

我住的乡下

属于西部

正在搞开发

要不了多久

渝湘高速支线就会

穿过我脚下的大山

如果你来

再不用辗转于县城

可以在乌江直接下道

穿过一个洞子

就看见我生活的集镇

清一色水泥砖房子

像白色大丽花

沿着山脊从山下一直

开到山顶

在最平整最敞亮的山腰

那最大最漂亮的几朵

就是我工作、生活的学校

如果你来

直接到教学楼三楼

八一班教室找我

那个穿灰衣服、戴夹鼻眼镜的人

就是我

正在用最不标准的普通话

教孩子们读古文

不要惊讶我不修边幅

不要惊讶我长相土气

生活在乡下

我已俯身草木

捉迷藏

小时候，我叫着
　"爸爸，爸爸，快来找我啊"
庭院花开，月色似水温柔
我就躲在爸爸宽厚的影子下

现在，轮到我了
　"爸爸，爸爸，我来找你了"
白云游走，山川无声，没有回答
我把爸爸弄丢了

请安慰你的双手

伸出你的右手
用左手去安慰它
安慰它手背上的伤口
指甲里的污泥
安慰它粗糙的同时
也要安慰它长短不一的命运

像一对中年夫妇
用你的右手
同时安慰一下你的左手吧
无名指上，褪尽了钻石的勒痕
要安慰它，多年前折断一截的食指
再找不到另一半，要安慰它

手心手背都是肉
请伸出你的双手
轻轻轻轻地摩挲着
像轻轻轻轻的呢喃

我就是那个独自赏菊之人

如果我说穿过街道

只不过是我在这个下午

拐上了校门口的一条大路

如果我说我像孤独的鱼儿游于水

你也别展开想象

那只是我一个人

沿着一条乡村小径在散步

如果我把一片金黄发上抖音

你也不要无端惊讶

那只是一片野菊开在后山

我就是那个独自赏菊之人

出浴图

我刚出浴

我不想告诉你我臃肿的身子

怎样变形

不想告诉你浴袍的颜色

和内心的干枯

我日渐没有了往日的热忱

独对月光也没有想到欢娱

我只是擦干头发

走在阳台上

偶尔朝远方看一眼

月色笼罩

你的丰腴

夜游龚滩古镇

晚上十点，龚滩

落入古镇灯火

我们四人，落入了

细雨和夜的辽阔

飞檐转角的吊脚楼

落入更深的沉寂

如果说青石板叩击着历史的回响

跫音未免有点悠远

斑驳的古墙湿了青苔、铁线蕨

亦湿了古镇千年的梦

我们像夜猫子

潜进去一个多小时

从杨家行到冉家院子

从田氏阁楼到西秦会馆

仿佛身为古人

潜入唐宋

两只公鸡

昨天，两只公鸡在院子里

啄食树丛里的阳光

它们骄傲的样子多么像绅士

我们回来时，它们仍在悠闲地散步

今天，一只公鸡不知去向

另一只公鸡静卧树丛

阳光从树梢筛下来

它也懒得去啄食

信赖

站在高处的人
低处的那个人是值得信赖的
一把梯子送他到了屋顶
他相信这一把梯子还会让他重回人间

站在低处的人
高处的那个人是值得信赖的
他抬头仰望着高处
就像在欣赏令人满意的劳作

而站在不远处的那个人
把自己的屋顶交给那两个人
是值得信赖的，他们
花一上午时间，把瓦片
一块一块送上屋顶
盖在了最需要的地方

龚滩的雾

最柔软无形的，是龚滩的雾
最大而无边的，是龚滩的雾

每天早晨，它都从乌江河
翻身醒来，起得比谁都早
我们推开门，它已一路铺排
成为河面最为抒情的部分

有时它也占山为王
在牯牛盖和马鞍城居高临下
看着寂静的龚滩，展开了一天的生活

有时它游走，缠绵在
每一处洼地，每一座山丘
姿态堪比最娇弱的女子
我们看着，内心的坚硬
一下子就化了

阿蓬江

一退再退，无路可走了
它才在老龚滩，投入了乌江

水往东流，它偏向西
逆着所有河流翻山越岭
走成祖辈的传奇

这就是阿蓬江
我家乡的那条小河
它绝大部分藏在深山
只在罾潭和庙溪沉下身子
拥抱了大片沃野

而我们的祖先，跋山涉水
率妻子邑人，从遥远的江西
来此绝境，找到了心中的桃花源

乡间小庙

想了想，我还是打开了这道门
想了想，我还是对着你小小的塑像
鞠了一个躬，退身出来

看见整个庙宇只有你
想了想，我又回去，再鞠了一个躬
用纸巾，擦拭了一下你泥塑的金身

记事：下午

整个下午

我都在给我的女人打电话

整个下午，雨水在院子里

拍打植物的叶片

花瓣和柔嫩的枝条

一天就这样过去了

我的女人还没回来

我在窗前数落花

在屋子里走动

翻一本书

一页都没看完

就放下了

入冬以来的第一场雪

天气是逐渐凉起来的
等你穿上羽绒服
就迎来了入冬以来第一场雪

雪也是慢慢下起来的
开始是下雨，后来夹了点雪花
你推门发现对面山上白头时
天已近黄昏

现在，你已想不起
秋天是怎样走到冬天的
包括这一日，你也只是觉得
一晃就过去了

等你明白过来
院子里已经积满了够多的雪

第四辑 ———— 独坐山野

p159 — 226

车检所

检查我的呼吸与脉搏

几十年了，可否有阻滞或堵塞

检查我的过往记录

是否因为烟酒与熬夜

已把身体用旧

外观的变化是最明显的

有太多岁月的刻痕和霜打的倦怠

有撞完南墙后留下的深刻忏悔

一双老寒腿，一直负重前行

磨损的不光是信心

还有拼搏奋斗的欲望

该上检测台了

该查查心脏这个发动机了

该看看血管神经这些精密仪器了

该验验我这个老花眼
还能不能继续看清这苍茫的人世

我迈动着步伐，犹如走上领奖台
领取岁月的罚金和日渐衰老的明证

石头

水中，石头用

鳃呼吸，静静地

沉入水底，只有爬上岸来的

以卵石的形象

匍匐成岸

山中，石头以另一种姿态

收敛翅膀，苔藓和地衣

成了它的肺。它凭夹缝里一株小草

顶起一缕阳光

在漫长岁月里

石头在世上行走

粉身碎骨，成为远方的路

化身水泥，成为城市高楼

当然，它们中也有幸运的
被凿刻成佛，站成高大的样子
供人膜拜和瞻仰

读两行诗再睡觉

读两行诗再睡觉

这已经成为了我的习惯

我的床头摆放着

古今中外好多诗集

它们像我的宝贝，枕着它们入睡

我才睡得踏实、安稳

也不是我多么有文化

也不是我故作高雅

有时我也读其他书籍

只是我无法把它们带入梦中

只有诗歌，读着读着

我就会神情恍惚

带着诗句入梦

我总能睡得又香又甜

目前为止，读两行诗再入睡

已约等于给白天洗尘

也约等于给心灵送上安慰汤

我往往是在诗歌里

重新找回迷失的自我

有时是萨德，有时是王维

有时是现今某位活着的诗人

读他们的文字

我常常梦到写诗的自己

春夜喜雨

雨是悄悄落下来的
早晨，推开门时
它已经走了
只留下湿漉漉的地面

雨离开后
被它清洗过的树木
更加光鲜亮丽
被它抚慰过的群山
更加青翠逼人

瀑布，似一条白练
从山顶倾泻而下
临河江面，白雾姿态妖娆
两三只水鸟，贴着江面低飞
你不仔细，根本看不到

雨是悄悄落下来的
它来时，我们还在做梦
我们醒来，它已把
天空大地擦洗一遍
又还给了我们

一些我们看不见的事物

夜，浓淳如酒

有一些我们看不见的事物

比如花朵，正舒服地打开每一片花瓣

一朵一朵绽放枝头

有的再也忍不住了

从枝头一朵一朵落在

细雨中，小路上

比如微风，正顶着细雨奔跑

有光明的前程等着它

比如小草，趁着无人发现

让自己又长高了一寸

这些夜色中的事物

比什么都忙碌

蝉从蛹里忙着翻身

蚯蚓在地里忙着穿行

冬眠的蛇，周身的血液开始涌动

等待一个晴天醒来

就连一窝蚂蚁，也正在摸黑

把家搬到高地上

而我们醒来时，还不知道

此刻世界，已经发生

巨大的变化

草蓬

远远地，我看见了草蓬
像一座座宝塔，蹲守在田间地角
这是我家地里玉米收割后
玉米秆子堆叠的，足足有三米高

它是牛马一冬的草料
也是一家过冬的引火柴
霜降过后，父亲把它们背回来
堆在院子里，码成高高的秋天

远远地，我看见了草蓬在走
多么缓慢，像蚂蚁子在爬
我知道是父亲，背着夕阳
在山路上匍匐，旧日生活的光
让我视野有些模糊

如今，远远地，我在远远的县城

父亲在远远的天上

父亲啊，牛马在圈里等着吃草

而我在等着一个少年归来

在半道上远远看见，草蓬在走

幸福

忙碌过后，农民坐在田埂上
抽着毛草烟，风过来
轻轻揩干他的汗水

忙碌过后，出租车司机关上车门
打开出租屋。最小的女儿扑上来
最大的女儿，正在安静地做作业

忙碌过后，两个天各一方的人
电话接通那一刻，一方告诉另一方
身体安好，勿念
而另一方说，孙娃又长高了

妻子给我拔白发

躺在沙发上，你扒开我的黑色森林

惊讶地发现，一根根白发像

一段一段被我遗忘的旧时光

秋风起处，我早已暗藏着衰老

你用镊子拔掉一根

我人生暗藏的汹涌就冒上来一次

你把白发一根根摆在我面前

我的挫败感就又增加一分

那么多潜藏的白发

那么多人到中年的无奈与挣扎

在我面前一一显现

呵，妻子，幸亏有你

我把头枕在你的胸前

突然就宽宥了整个世界

想念一个人

不是一种相思两处闲愁

不是此情无计可消除

不是两情若是久长时，岂在朝朝暮暮

人到中年，想念一个人

就是想念一次酒桌上的时光

想念一次长谈

想念沅水和角角鱼

想念一首诗，你念了一半

我念了一半

想着想着，就想把自己的近作

打包发给你，表面上让你多多指教

其实是想听你的溢美之词

写诗这么多年了

肯定和鼓励我的，一直是你

隔空对饮
——赠二两春光

"江南无所有，聊赠一枝春"
茶收到时，清明已过月余
繁花落尽，我似山间老僧
出远门的想法，早已云雾起处深藏

这一包来自西湖的龙井
精致的包装上还隐隐看得见苏堤和白塔
我可以想象你就是一个江南采茶人
每一片茶叶都来自山上
每一片绿色都有你的情意

朋友，此刻我坐在山间
伴一棵云松，借山泉水
用松枝煮香茗，想象清风有你
流泉有你，满山杜鹃有你
缭缭清香中，我们正隔空对饮

梯子岩

当地人说

爬过梯子岩

你才是真正的男人

可以把村里最美的梅婵姑娘

娶回家

我从乌江爬起

手脚并用

才爬上梯子岩

看见世上最美的风景

就在长溪

最原生态的风景

就在长溪

就让山风洗去我的风尘

就让太阳把我晒得

一身黝黑

就让我落户长溪沟，落户老鹰嘴

做一个真正的男人

把梯子岩踩在脚下

用十万大山作为聘礼

迎娶老鹰帽下

最美的梅婵姑娘

从此人间

其他的山我都不爱

我只爱老鹰嘴

其他的河我都不爱

我只爱长溪

春日小记

驱车前往周家寨
我不告诉你同行者的姓氏
性别以及年龄
亦不告诉你此行的目的
我只是在此记录
我们先后去的地方有
河堤，农家菜馆，山上
和芭茅丛。遇到的有
清风，流云，小鸟和熟人
去时阳光满地
归来时已黄昏

交叉小径的花园

孩子，你的笑是枝头绽放的花

你的声音落满鸟鸣

你蹒跚的脚步，就像

风中摆动的杨柳

我的心搅动一阵阵波澜

你是我波心微漾的月儿

我愿掬你入怀

从此不再放手

孩子，你是天使，长着蝴蝶的翅膀

你是精灵，有着忽闪忽闪的大眼睛

走进你，我就像

走进一处交叉小径的花园

走进一片未染尘埃的天地

所有花儿全为我开放

所有的烦恼被风一吹

全都散了

聚义堂

今夜，聚义堂啸聚的

不是江湖好汉

是一群用文字淘洗生活的人

他们有的在乡下

用清风洗肺，用明月漱口

却兜不住一颗向往的心

有的在县城

埋首公文与案牍

借文字对抗枯燥与繁复

有的常年在外

在流水线机器的轰鸣中

用诗歌浇灌乡愁

他们聚集在一起

借今夜的灯光

炖出各自的酸甜苦辣

他们都说在这物质的时代
守着文学这块土壤
哪怕不长一丝芳馨
心灵也不会枯萎

今夜，聚义堂外
车流依旧，人声依旧
聚义堂内，他们抱紧文字
就像纷纷抱紧了自己

雾中

先是头，从大雾中露出来
打量了一下世界
这个世界没耍什么花样
依旧用道路连接道路
用远方连接更远方

接着，他大胆地露出了双手
在空气中试探，前面什么也没有
空着一个位置，等着他来填补

现在，他露出了身子
露出了清晰的五官
现在，我们可以看见
不是他在前进
而是雾在退却，一座山在显形

稻草人

站在田埂上
日夜守护着庄稼的
是我的父亲

他那件老蓝布衣服
多远我都认得
他那顶烂草帽
就是那年我进县城
在小商品一条街买的

都二十一世纪了
你看他那灯芯绒裤子
居然还打了一个补丁
这是他常年弯腰锄草磨破的

远远的，我爬上山梁
就看见他站在一大片包谷地里

·

伸着双手
像在拥抱整片庄稼
又像在拒绝什么靠近

我多想走过去
抱住他，大哭一场
我多想牵他的衣襟让他回家
告诉他年迈的母亲等他好久了

但我什么也没说
因为我知道它不是我的父亲
它只是穿着我父亲遗留下来的旧衣服
替他看守着我们的庄稼

秋

有一些东西是悄然而至的

等你发现，荒芜已淹没了你的一生

而你不知道经过多少挣扎

岁月才在你头上下满了霜

而你不知道走了多少弯路

皱纹才占据你的眉梢眼角

等你情急之下回头

看见淹过来的是一片苍茫

而前面挡着的，依然是一堵高墙

此刻你已目光恬淡，心无杂念

像一株路边草，顺从地俯下身子

黄沙漫过，大地一片岑寂

小阁楼

我已好多天没回龚滩了

那山顶上的小阁楼

一定积满了灰尘

而我未关紧的门窗

肯定夜夜有月色

踅进屋子

在我凌乱的书架上跳舞

也肯定有风，趁我不在

把我未看完的书籍

迅速地翻完

秋分已过，一定有虫子

在暗夜里走动

权充小屋的主人

也一定有落叶

带着心思，轻轻飘进

我未来得及收拾的书桌

它覆盖的文字也许是一首好诗

只是我绝对相信

在这个物质充盈的时代

没有一个窃贼会推开

我那扇虚掩的门

即使推开，看到

一个人穷得只剩文字与书籍

也会悄悄退出来

把我的门偷偷掩上

黄秋英

谁给她取如此普通的名字

黄秋英

喊一声她就会从地里抬起头来

再喊一声她就会在叠石花谷

站起来一大片

个个头顶细小的花

在途经的每一条小径

露出穿花的裙子

她本有一个洋气的身份

有一个更为好听的名字

——波斯菊

谁让她落地生根

有了本地户口

我站在她面前

更多的是想到我的母亲

和母亲一样的乡下妇女

不信你看，我喊一声

路边割草的中年女人抬起头来

嘴里好像嘟囔着应了一声

过高坪村想起杨犁民①

或许太过匆忙

我们放过了

高坪村的萝卜白菜

放过了高坪村绕来绕去的小路

只是把躲在耳朵里的麻雀

赶回枝头，把他笔下的大黄狗

撵到高坪村陈篾匠的家里

他的五嘎嘎，已去世多年

而笔下的最后猎人侯大强

早已收起猎枪

躲在家里，带孙娃

我们都说他的高坪村

和我们的村庄没什么两样

无外乎是庄稼长在地里

丝瓜挂在藤上

无外乎是门前翠竹

屋后芭蕉，只是这些
都变成了他笔下优美的文字
而我们坐在他的文字里
有恍若隔世的感觉

①杨犁民，中国作家协会会员，重庆市酉阳籍苗族诗人、作家。
高坪村为其老家所在地。

何半盖①的石头

何半盖的石头

是有记忆的

你注意那垛断墙边

那块大石头

年年呆在那里

它们可能是一栋年代久远的房子的石础

可能是一垛老墙的下脚料

你试着扒开那高墙下

厚厚的青苔

每一块石头都会露出

棱角分明的历史

你只要沿着弯弯绕的巷道

走进几进几出的四合院子

坐在石头上的老人

长长的烟斗里

就会飘出一段老故事

你就随便选上一块石头坐一坐吧

那可能是滦州知府何朝辅坐过的

那可能是玉米大王何玉洪家门槛边的街沿石

你坐了

何半盖就会在你记忆中醒过来

你坐了，何半盖的兴衰就会

牵扯你的心

让你觉得记忆不该遗忘

何半盖应该走出深山

让更多的人知道

①何半盖为重庆市酉阳土家族苗族自治县后兴村的一个古寨，
是辛亥革命滦州起义领导人之一何朝辅的家乡。

一只见多识广的蚂蚁

一只蚂蚁顺着电杆往上爬

爬上高处然后下来

成为一只见多识广的蚂蚁

成为蚂蚁中的知识分子

给那些小蚂蚁讲人生哲学

讲它们的世界和生存准则

同时也讲它一次次出游的经历

添油加醋地告诉小蚂蚁们

世界大得很，它们的天地之外

有更为宽广的世界

它谆谆教诲小蚂蚁们

要做有理想的蚂蚁

目光远大的蚂蚁

它对最小的那只蚂蚁说

将来你还要去看更为广阔的世界呢

想山羊①

好久没去山羊了

不知道那满山的黄栌

是否会想起我，为我的到来

准备好红色的嫁衣

好久没走那陡峭，那曲折了

不知上山的路会不会因为我有所改变

天空会不会因为我再次晴朗

山脚下的乡民会不会因为我

支起三脚架和炉子，烤红薯和乡愁

好久没去山羊了

好久没有放肆地跑放肆地笑了

好久没有吹过山风呼吸过山里的空气了

我想站在那高高的山顶上

再拍一张照，背景是
那满山流泻的火红

①重庆市酉阳土家族苗族自治县板溪镇山羊村，为大山中的一
　个村子。

枯木

这之前，它不叫枯木
它叫生命与活力，它发芽
抽枝，长叶，开花
它叫美丽

这之前，它把枝叶
撑满天空，让鸟儿筑巢
歌唱，让人在树下乘凉
迎风招展，它叫茂盛

这之前，它把一生的酸涩
转化为果实，在枝头
满是沉甸甸的幸福
那时，它挺拔，骄傲
被人称之为收获

这之前，它落光叶子
把唯一一颗果实顶进寒风

在风雪即将来临时
坚守内心的宁静
它依然被叫着希望与等待

只有现在，树叶远离了它
花朵不再在它身上绽放
那种叫收获的果实
已经变成了曾经的记忆
它作为一截枯木，雪落在身上
再溅不起任何感觉

密林之花

被称为密林之花的
一定有一个幽闭的出身
在一个叫深山老林的地方
小范围内活着
与寂静为邻，与孤独为伴
香不过巴掌大的地方
关键是开了，也只是
开给自己看，香了
也只是香给自己闻
它绝对没有放置在阳台
成为观赏植物的可能
它绝对没有走出深山
看世界的想法
它只想守着大山老死困死
然后把一生还给土地
它和你们不一样
你们是出去了回来
想找到一个与世无争的地方生活
它是一辈子都与世无争

怎样才能配得上我内心的孤独

广阔的夜空那几颗星

大雪封山后的一串脚印

不见炊烟的老屋

秋风枝头上最后一片树叶

失单的雁和落伍的老狮子

裹在大衣里迎风奔跑的那个人

坐在码头独自抽烟的船夫

妻离子散的小刚

放学后一个人回家的留守儿童

写作到深夜的诗人

他窗前的那盏灯

把一颗心交给了旷野

我不告诉你

远处连绵的山是什么山

山上有什么样的村庄和故事

亦不告诉你镜头下摇曳的芭茅

生长在什么地方

我只给你阳光下她们欢乐的舞蹈

和镜头中的侧影

告诉你拍摄这个视频的人

他一辈子亲近草木

认识的植物比一般人多

他现在一个人在山上

晒着冬日的阳光

倾听着风声虫吟

把一颗心交给了旷野

白云

在乡下，你厌倦了什么

也一定不会厌倦白云

它们以广阔的天空做舞台

无拘无束展现各种身姿

有时一朵云亲近另一朵云

一朵云逃离另一朵云

有时它们抱团成为一大片棉絮

有时它们仅剩一点云丝

在空中飘啊飘

有时你看着它们在一起

转眼间各奔东西

有时你觉得它们像什么

但你又不敢肯定

你常这样盯着盯着

就感到它们也盯着你

看着你一个人在地里劳动

给你挡一会儿阳光

有时你明明知道

它们只是云，可你会强烈地

想变成它们，到天空去

到更广阔的世界去

归

你从野外归来

你以为你什么都没有带

其实是你没有留心

裤脚上粘的苍耳

没有发现头发上的草屑

和骨子里的荒凉

其实你是在强装镇定

以为可以放下一切

不去想那芭茅，曾经给你指路

那鸟鸣，曾经占据你半边心房

那几棵毛白杨，曾经

在你的头顶，迎来风声又送走风声

其实你是在自己欺骗自己

你看你洗手时在犹豫

要不要把袖口那只虫子

按在水里淹死

因为你不知道

她是不是跟了你一路

在旷野休息

在野外，你可以随便找一个地方坐下

有时是一块石头

它突出来的那部分

刚好够你坐下

有时是一片草丛

软软的，像你家的草垫

坐着坐着你就想躺下去

成为草中的一株

有时，你看见那棵树

刚好在路旁，它是你休息时最好的靠背

有时你眼看无处安放你的疲惫

你就拉过来几根枝丫

垫在屁股底下

它们老实地托起你的身子

直到你抽完半袋烟

直到你感到浑身的劲儿又来了

你站起来，它们才弹起身子

慢慢恢复原状，有的干脆从此匍匐在地下

把枝条伸向旁边另一寸土地

借此又占了一处天空

你只是不知道也没想过

有些规则其实是你改变的

有些躁动最初也是因为你

独坐山野

紧挨着一株野草

或紧靠着一棵小树

独坐山野

风过来掀你的衣

鸟把叫声浸入你的心脾

有一只蚂蚁就在你脚下抬眼望你

恐惧你投下的巨大的阴影

但它没有逃走

而是鼓起勇气向你靠近

试图爬上你的脚背

你没有留心它要干什么

你在关注一只毛毛虫

它刚爬进一处草丛

你在看一只蚱蜢

它刚弹向另一棵低矮的枯枝

你在静心地打坐

草帽和手套放在一边

你在看着天边的云
想着心中的事情
不停地摆弄手中的一杆芦苇
此刻，郊野万物生长
只有你还有一颗红尘熏染的心

买鱼记

刚才这条鱼还是活的

在盆里游来游去

有一刻还躲在大一点的鱼儿后面

欺负小一点的鱼儿

我一眼就看中它

卖鱼人一把就捞起了它

拍头，去磷，剖开内脏

刚才它还是鱼

现在它变成一坨一坨的肉

装在我提着的塑料口袋里

独立的鱼头，张着的嘴

紧挨着自己被肢解的身体

老人的蔬菜

蹲在菜市场的亭子边
老人卖的是粘着泥巴的红苕
满是虫疤眼的白菜和
一个最普通的老南瓜
这些来自地里的蔬菜
挤在一个平铺的尼龙口袋上面
红苕土里土气
白菜没有精神
老南瓜没有长相
没人过问它们
老人也没有吆喝
只是有一只皮鞋，踩了一片
伸到路边来的菜叶
白菜赶紧往里面躲了躲
一个调皮的红苕，滚在路边
弄脏了一个女人的裤脚
它满面通红，待在老人手里
像犯了错误的孩子

关在笼子里的鸡

在菜市场，关在笼子里的鸡

并不知道自己将要被宰杀的命运

它们在狭小局促的空间里

日上三竿了，有的还在假寐

有的还把头埋在翅膀下

蜷成好看的样子

有几只依然精神很好

在无法转动的笼子里转动

好像在想象中的散步

有一只可能是长途颠簸

倒不过时差，竟然在白天司晨

而更多的是看着同伴被拎出来

只是往笼子口靠了靠

拍了拍翅膀，感觉空间又多出来了一些

白云赋

在湛蓝的天空，你是
一朵白云幻化成的一张沧桑的脸
你是一个老人走完大半生
用无言对付人世的浩阔
你是我的亲人我的祖父
你是等待是默默坚守
是万千空巢老人，把担忧，把牵挂
借无垠的天空，运到
千里之外的深圳、福建、上海
运到隆隆车间、繁忙工地和零乱码头
运到儿女头顶，看他们一颗思乡的心
在城市的脉搏上跳动

野炊

非得找几个合适的人

和一块合适的地方

非得有合适的天气

衬托合适的心情

非得有一个合适的理由

你才能在这个星期天

找到一次与大自然亲密接触的机会

你才能和一群同事、朋友

驱车到一处两山夹一水的地方

就地取柴，垒石为灶

把天地当作世上最宽阔的厨房

把城里带来的蔬菜和肉食

放在山水中煮

放在阳光下煮

煮一大锅的快乐

分享给每一个从城市逃出来的人

阳台

我深爱这探出去的阳台

它从高处睥睨万物

是我的生活唯一公开的秘密

从另一幢高楼你就能看到它

有时也能看到我

往往这时，我正借它

躲开繁忙的尘世

贪婪地享受夹缝里的阳光

如果你瞧得够仔细

还可发现一些绿植

有的花开了，有的藤萝缠绕

把这局促的小世界

弄成了大自然

野菊花

你俯身摘野菊花的样子有多美
像一只蝴蝶在花丛翩跹
你留给我的背影有多美
有碎花的长袍真好看

一大片的野菊花开在原野
一大片的阳光洒在每一朵花上
你抬头那一刻也多美
脸上的宁静超过此刻的深山

我多想靠近一点再靠近一点
轻轻地轻轻地呼唤你的名字
我多想变成一朵野菊
在你凑过来的那一刻趁机亲吻你的芳唇

可这是不可能的，风也不给我机会
你俯身摘取的野菊花
将带回城里，治疗你的失眠
而我注定耽于乡下，依旧怀一颗草木之心

水边的阿狄丽娜

当湄舒河平静下来

鸟声响起

水边的阿狄丽娜

开始在湄舒河河边

浆洗衣服

她伸进水中那两节嫩藕

伸出水面时变成了两根

剥壳的春笋

她娇艳的身影

投到水中，搅乱了满河的心思

水边的阿狄丽娜

你来了

所有的树开始春心萌动

所有的鱼儿一夜长大

你所不知道的是

曾经的那个放牛娃

早变成了湄舒河畔的阳雀

等你在枝头

等你在水边

等你等到夕阳落下

月亮升起，你

端着一大盆清洗干净的衣服

拐进篱笆围就的农家小院

重返峒家寨

不要把我们当作下乡来的工作同志

我们走在乡村的道路上

其实就是回到了自己的童年

地里的庄稼我们都认识

门前的果树我们都爬过

我们也曾翻过竹篱笆

到菜园子扯过新鲜的萝卜白菜

顶着浓雾，沿这样的小路

把牛和羊子赶上山坡

我们在不远处的湄舒河边

洗过衣服钓过鱼

这些都是我们的记忆

我们只要将一捋就顺了

就知道地里的哪些野菜可以当猪草

山上的哪些野草是牛的最爱

哪些农家的猪圈牛栏

藏着下蛋的老母鸡

哪些农家的院子

会窜出一条大黄狗

现在是冬天了

我们知道，那片青油油的是冬小麦

那蹲在地里的农民，在挖冬苕

隔着竹篱笆或一道山墙

只要我们吆喝一声

哪家就会开了柴门

给我们端上油茶汤

徐阳雀①

你一定以为有一只鸟

落户湄舒河，这里才叫徐阳雀

你也一定以为有一个

由鸟幻化的爱情故事

在乡亲们之间口口相传

这里才配得上叫徐阳雀

你一定不会相信如此凄美的名字

居然赐给了这么一个小村庄

十几户人家搬走了七八户

就剩三个老头两个老太婆

在屋檐下晒太阳

他们是故土的最后坚守者

他们是最老的阳雀

他们同我们谈起旧时光

说这里以前人丁兴旺

周围撂荒的土地种满庄稼

那时，田埂上走动着劳动的人

而村边码头，到处停靠着

满载生漆、桐油的木船

春夏季节，它们经由沅水

一路直抵常德

①徐阳雀，重庆市酉阳土家族苗族自治县一个小山村。

把一条路逼急了

把一条路逼急了

它就会拐进大山

钻进隧洞，半天才出来

它就会借助一道桥

一道梁

飞一般跨过天堑

龙一般在山间盘旋

如果你仍然不放过

开起车子死命地追

它就会拐下大道

变得更窄更弯更陡峭

让你提着心吊着胆

被迫减慢车速

和它和解

如果你仍然固执

坚持一条道走到底

走投无路时

它就用羊肠小道逼迫你

放下尊严和车子

放弃一身傲骨

用脚去丈量你回家的路

总结

这一年，向往远方
最远到过云南
写诗若干，偶有发表

这一年，生一场病
体会了世态的炎凉
有些旧的想法浮出来
就像窖酒，弥久愈香

这一年，身体依旧一米六
体重有增有减
多数时候在六十五公斤徘徊
有人因高血压去了
我还在人间挣扎

这一年，邻居花开
这一年，张四出走

这一年，新事物层出不穷
这一年，我又老了一岁
在龚滩这个地方
添三根白发

没去的地方就别去了
好好爱自己的身体
这一年喝的酒，下一年不喝了
这一年抽的烟，下一年彻底戒掉
这一年的烦恼，决不带到明年
明天就是新的日出
从马鞍城头升起

图书在版编目（CIP）数据

我碰到过侧身走路的人 / 倪金才著 . —— 北京 : 当代世界出版社 , 2023.2

ISBN 978-7-5090-1568-1

Ⅰ . ①我… Ⅱ . ①倪… Ⅲ . ①诗集－中国－当代 Ⅳ . ① I227

中国版本图书馆 CIP 数据核字 (2022) 第 235463 号

书　　名：我碰到过侧身走路的人
作　　者：倪金才 / 著
出 版 社：当代世界出版社
地　　址：北京市地安门东大街 70-9 号
邮　　编：100009
监　　制：吕　辉
选题策划：彭明榜
责任编辑：高　冉
装帧设计：北京小众雅集文化传媒有限公司
编务电话：（010）83907528
发行电话：（010）83908410（传真）
　　　　　13601274970
　　　　　18611107149
　　　　　13521909533
经　　销：新华书店
印　　刷：北京精彩世纪印刷科技有限公司
开　　本：889 毫米 ×1194 毫米　1/32
印　　张：7.5
字　　数：100 千字
版　　次：2023 年 2 月第 1 版
印　　次：2023 年 2 月第 1 次
书　　号：ISBN 978-7-5090-1568-1
定　　价：68.00 元